Lee Aucoin, *Directora creativa*
Jamey Acosta, *Editora principal*
Heidi Fiedler, *Editora*
Producido y diseñado por
Denise Ryan & Associates
Ilustraciones © Jane Wallace-Mitchell
Traducido por Santiago Ochoa
Rachelle Cracchiolo, *Editora comercial*

Teacher Created Materials

5301 Oceanus Drive
Huntington Beach, CA 92649-1030
http://www.tcmpub.com
ISBN: 978-1-4807-2959-9
© 2014 Teacher Created Materials

Cómo un gatito

Escrito por Sharon Callen

Ilustrado por Jane Wallace-Mitchell

Mamá Gata tiene tres nuevos gatitos.

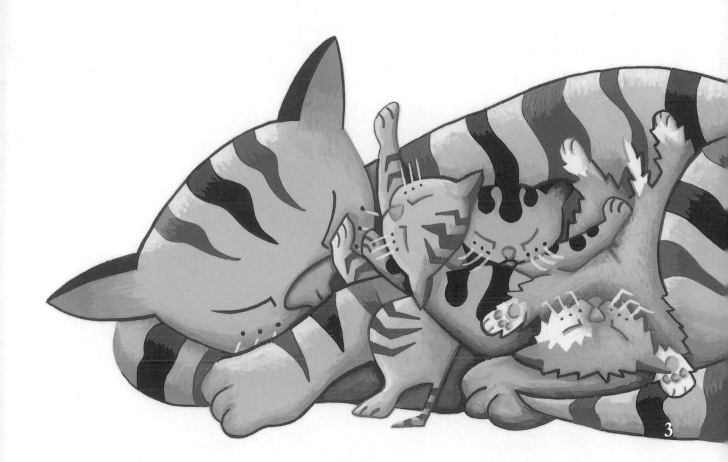

Cuando despiertan, les enseña
cómo ser buenos gatitos.

"Laman su pelaje para que esté limpio", dice Mamá Gata.

"Maúllen cuando tengan hambre", dice Mamá Gata.

"Ronroneen cuando estén felices",
dice Mamá Gata.

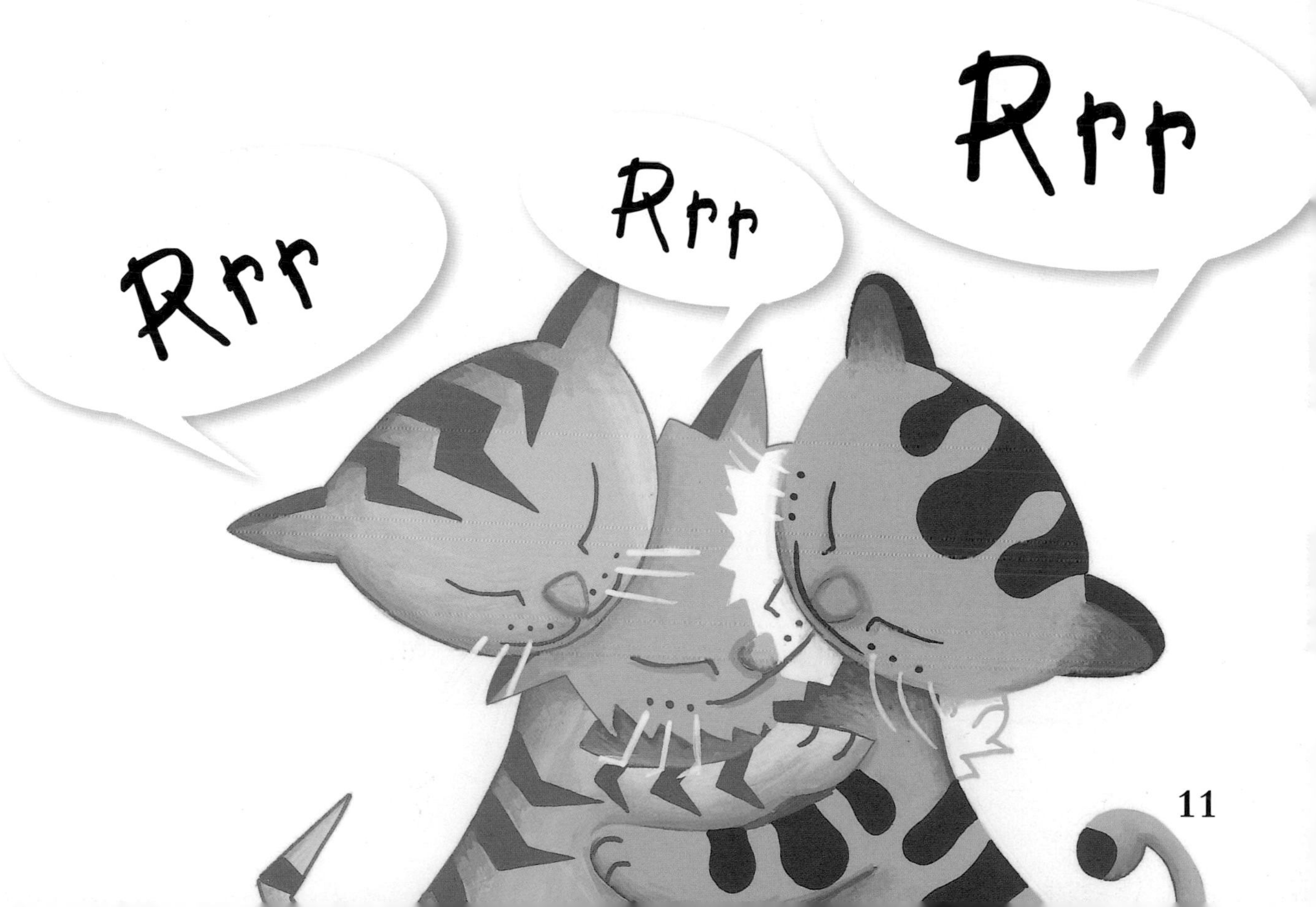
Rrr
Rrr
Rrr

"Acurrúquense antes de dormir
—dice Mamá Gata—. Que duerman
bien, mis amores".